그림자를 읽는다

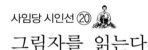

사임당 시인선 ⑳

그림자를 읽는다

초판인쇄 / 2018년 5월 1일
초판발행 / 2018년 5월 8일

지은 이 / 최인현
펴낸 이 / 배재도
펴낸 곳 / 도서출판 작가마을
등　　록 / 제2002-000012호
주　　소 / 부산시 중구 대청로 141번길 15-1 대륙빌딩 301호
　　　　　T. (051)248-4145, 2598　F.(051)248-0723
　　　　　E-mail : seepoet@hanmail.net

정가 / 9,000원
2018 최인현

국립중앙도서관 출판예정도서목록(CIP)

그림자를 읽는다 / 지은이 : 최인현. ― 서울 : 작가마을, 2018	
p. ; 　cm. ― (사임당 시인선 ; 20)	
ISBN 979-11-5606-100-7 03810 : ₩9000	
한국현대시[韓國現代詩]	
811.7-KDC6	
895.715-DDC23	CIP2018011784

※ 이 도서의 국립중앙도서관 출판예정도서목록(CIP)은 서지정보유통지원시스템 홈페이지
(http://seoji.nl.go.kr)와 국가자료공동목록시스템(http://www.nl.go.kr/kolisnet)에서 이용
하실 수 있습니다.(CIP제어번호: CIP2018011784)

사임당 시인선 ⑳

그림자를 읽는다

최인현 시집

도서출판 작가마을

책머리에

일흔 편의 시로 기념시집을 엮는다.
칠순의 디딤돌에서 또 한 번 감히 비상을 꿈꾼다.
어디만큼 어떻게 갈지는 모르지만

마흔에 나를 낳아 손녀딸처럼
사랑으로 지극정성으로 키워주신
아버님께 바치며
육십 다섯에 나에게 꿈의 열매를 쥐어주신
모든 인연에게 감사드린다.
능동적으로 살게 하여준
남편에게도 감사한 마음이다.

주위 모든 인연에게도 감사하며
조심스런 마음으로 시집을 엮는다.

무술년 봄

최 인 현

C_{ontents}

그림자를 읽는다

그
림
자
를
읽
는
다

제 1부

그림자를 읽는다

돌탑에 작고
많은 생각들이 누워있다

언덕바지에 홀로 선 나무 한 그루
생각을 누이고 있다

누가 버리고 간 너덜한 쇼파도
생각을 누이고 있다

희뿌연한 벽에 제멋대로 걸린 옷가지들
늙은 오후를 누이고 있다

샛노란 은행잎을 쓸어담는
생각을 바닥에 누이고 있다

가을 막바지에서
누워있는 그림자를 읽는다

시집

나팔꽃이 핀다
꽃도 체험을 한다

이승과 저승을 오가는
옷을 훨훨 벗어버리는
순수가 된

꽃이 된 이슬이 된
바람이고 구름

소리 없는 소리를 듣는
돌 속에 들어앉는다

나무에 바람의 그네타기를 본다

역사 탐방기에서
행간의 여백을 본다

사막의 여우소리를 듣고
백야의 홀로새김을 듣는

오늘과 내일의 고백

땡볕

지리멸렬한
숨통은 원시인으로 회귀하고 있어요

나무 그늘 속 매미울음은
불가마 폭죽이 되고

튼실한 벼 이삭들
폭포아래 득음하듯
익어야 한다는 소식이예요

고독은
달을 빚어요
별을 뽑어요

익는다는 소식에
눈을 떠요
귀를 열어요

사막

집을 이고 느리게 느리게
사막을 기어가는 달팽이처럼

사막을 걸어가는 낙타

고뇌였다
전갈이 되어 시간을 죽인

백야같은 밤을
사막여우가 다녀가는 밤을

뜨거운 햇살 모래바람 거세어도
여정은 끝나지 않는

파도를 탄다

마이산

둥 둥 둥 북소리 날리고
말발굽소리가 여기 저기 묻혀 진동하는

어찌 돌탑으로 생명을 가졌을까
마이산의 속사정을

세상소리에
두 귀를 쫑긋 세운

돌탑을 돌아돌아
바람도 두 귀를 쫑긋 세운다

소리 없는 소리를 듣는
마이산

구름 띠를 머리에 두른
역사를 듣고 있다

꽃 멀미

까만 액자가 좌우로 흔들리는
여진은 계속되고

살기 위함인지
먹기 위함인지
식감의 향연은 시작되고

임신중독증에 고집한
식감이 각을 세운

벗꽃 터널속
흩날리는 꽃잎에 갇힌다

두루마리 화장지

상처는 닦아주고
흔적은 지워주는

삶을 소진하며 쳇바퀴 도는
너만큼의 희생을 배울 수가 있을까

너의 뒷자리는 얼마나 소중한지
우리네 삶도 그리하면
서로를 닦아주는 수보리가 될 터

술술 풀리는 너와같이
팍팍한 삶에 닦아주고 지워주는
수보리가 되었으면

너의 예찬을 듣는다

굿 놀이

나는 숨은 우물이 아닙니다
나도 강물이 되어 흐르고 싶어요

어쩌다 우물에 빠졌지만
강물에 빠져 흐르고 싶어요

머리를 쓰다듬고
가슴을 쓸어 내립니다

나를 버리지 않았기에
모진 세월을 버리지 않았기에

강으로 띄워 보내는 해원
돛배 띄워 보내고 싶다

당신에게

쪽빛하늘과 쪽빛바다를 좋아했던 당신
쪽빛하늘과 쪽빛바다를
은혜로 다가온 당신에게 모두 주었어요

깊어가는 황혼에
붉게 물든 낙엽이 내 뺨을 스치고 있어요
눈시울이 뜨거워지네요

항상 나의 노래를 말없이 들어 준 유일한 당신
당신이 있어 행복해요

5월의 신록,
아카시아 향을 보냅니다

이마에 손을 얹고

튼실한 나무를 키워 그늘에 앉아
피리를 불고 싶다

흘러간 여정을 바느질하는
석양이 곱고 곱듯이

비우고 비우는 마음만
쪽빛으로 물들이고 싶다

하늘을 이고 빈 들녘을 본다
철새 되어 어디를 어디만큼 날아갈까
찬 서리 내리는 이마에 손을 얹는다

한 송이 꽃을 피우고
나비를 불러 모은다

공황장애

연일 방송되는 뉴스에
강물이 바닥을 드러내듯

내일을 모르던 오늘이
오늘에 뒹굴고 엎어져도

꼬리도 잡지 못하는 허우적거림
안개 속에 갇힌
시간이 시간을 다림질 하듯

고요가 고요를 낳듯
찌그러진 후유증을 다스린다

콤퍼스 하나에 의지하여
일어날 반경을 그리기 시작한다

산골짝 타고 넘어가는
바람처럼

* 24

아궁이

가마솥 아래 동굴 하나
솔 갈비 등 뭐든 가리지 않고 먹어 버리는

불의 힘은 생명
활활 타 오를 때
고단함 외로움 함께 태운다
쓰러질 때는 한 줌 재로 남지만
온기를 남기고 나를 살린다

태우고 또 태우고
어제를 그제를
동굴 속으로 밀어 넣었던
아픈 기억

어머니의 따뜻함이
우물에 뜬 겨울날 아침

마음 여행

마음이 떠난 자리에서
마음이 돌아오기를 기다린다

홀연히 돌아오는
주파수를 맞추며 입질을 기다린다

적막이 어깨를 감싸 안을 때
울림통이 터진다

꽃봉오리 터지는 소리
입맛이 달다

노점

시장바닥에 좌판을 편다
삶이 뒤바뀔 때
마음을 비우고 또, 비워야 하는

오가는 행인의 발길을 붙들어야 하는
처절한 춥고 배고픔

낮은 곳에서 더 낮은 곳으로
모든 것을 내려놓아야 하는

지나가는 바람이
어깨를 툭 친다

소리

햇빛 떨어지는 소리에
덩달아 꽃잎 피어나는 소리
소리 없는 것에서 소리 있는 것을 듣는다

빗방울 소리에 놀라
후드득 날아오르는 텃새

천둥번개에
허둥지둥 둥지로 향하는
질퍽한 발걸음 소리

찰칵, 어둠을 깨는

대화 없는 대화를
카톡 카톡 이어지는 유혹의 소리

홈쇼핑에서도
안에서나 밖에서나
소리는 소리로 각을 세운다

* 28

패디큐어

일상에서의 탈출을 꿈꾼다
꽃을 피우고 별을 노래하는

검은 것과 흰 건반에서
빛을 발하고

무색에서 유색으로 한층 돋보이는
여름의 향기

열개의 건반은
마법의 악보가 된다

꽃길을 걷는
여인의 저 걸음걸이

신호등

하굣길에 쏟아져 나오는 아이들
천진둥이로 도 레 미 파
움직이는 빨간 신호등

골목길에서는
여기 저기 신호등이 난무하고
어묵 입에 물고
하나 더, 아니
눈 깜빡거리는
신호를 보내고 있다

멈춤 직진 좌회전 우회전
어디에도 보내는
보이지 않는 신호등

언제 어디에서나
질긴 생명줄이 보호받는

사랑 배려 질서
살아 숨쉬는,

기사식당

큰고모님은 기사식당을 하셨다
엄마 국 한 그릇 더
엄마 밥 한 그릇 더
큰고모님은 어느새 엄마가 되어 있었다

기사들의 베고픔과 피곤함을
달래어 주던 곳 쉬어가는 곳이었다

구수한 사투리로 욕을 섞어하는 말이
엄마의 인자한 마음이었다

인터넷에 맛집 기사식당을 검색하면
블로그에 오르는 몇몇 기사 식당들
아날로그에서 디지털로 바뀐 현실

이제는 향수가 되어버린
그때는 그랬었다

제 2부

알츠하이머

홀로 섬이 되어버린 어머니
섬 속에 갇혀 섬이 된 어머니

파도처럼 흔들리며
은빛비늘을 턴다

국화향기 맡으시며 떠도는
천상의 아이처럼 해맑다

밖에 비 오나 하시는 날은
현재만의 시간에 머무시는

아흔 두 해의 억새는 기울기만 고집하고
천상의 미소는 억새의 은빛물결이다

고요와 적막을 안고
섬이 된 어머니

당신의 섬 속에서 섬이 되었나요

어머니의 항아리

어머님은 세상을 뜨셨다
서른 여 섯에

밤마다 꿈속에서
어머니는 물 한 동이 이고 와
물 항아리에 부어주셨다

어린 나는
우물에서 물 한 동이를 이고
출렁 출렁 밭길을 지나
집으로 오곤 하였다

어머니가 그리운 날은
우물가로 달려갔다

고향집 부뚜막 물 항아리를
이제는, 아파트 거실
티브이 곁에 모셔 두었다

어머니와 함께
티브이를 본다

안개

꽃을 보며 기다린다
고뇌 없이는 만나지 못하는

별이 쏟아지는 밤
흑백으로 피워 올리던 밤안개
신기루 같은 실루엣

안개 강이 조금씩 조금씩 걷혀가며
출렁이는 강물이 되었을 때

안개 몰려와 잠식당하기도 하고
안개 물러나 새로운 세상을 볼 때

이제는 안다
때를 기다려야 한다는 인내
참으로 비움이 있기까지

부엌

아버님 물지개 우물물을
항아리에 부으면
어머님 아궁이에 불 지피고
아침을 끓인다

가마솥 뚜껑이 열리고
달그락 달그락 그릇 부딪히는 소리에
아침을 깬다

그을음으로 도배한 정지
부뚜막의 간장 종지는
어머님의 손맛

어머니 손맛으로 익은
아침을 끓인다

전시회

하늘이 열리고
푸른 파도에 해바라기가 꽂혀있다

고요와 침묵을 안고
구름들은 분위기에 익어간다

조금은 어색하여
뒤로 한 발자국 물러서기도 하는
구름은 안개비처럼
옹이를 풀어주기도 하는

웅성거림과 고요가 접목되는
주점부리를 한다

차 한 모금 입에 축인다

단비

해는 잠시 구름 띠 속에
하늘의 수문은 빗장을 열었다

국지성 호우는 아프지만
가뭄 끝의 단비는 숨통을 튼다

길목 담장너머로 무궁화 꽃
새 하늘을 열고 있다

작은 우주

풀잎에 맺힌
작은 우주

후두둑 떨어지는
피아노 음률이 되고
연잎에 또르르 구르는
요정들
트라이앵글을 친다

차창에 떨어지는
빗방울 방울들

바다 위에 피어오르는
잔잔한 파도꽃과 너울
한 폭의 화폭이 되는

생명의 꽃으로
맺힘을 풀어주는

허리띠 같은
수평선

포구

만남을 기뻐하며
포옹하는 이들을 보면서
그리움을 기다리던

떠나는 배만이 야속할 뿐
눈물에 아려오는
포구의 전설을 간직한
석양은 일어나라 재촉한다

파도 밀려와 뭍에 엎드리는
뭍에 엎드리는 기다림이 포구를 이룬

멀리 돌아와 되돌아보니
석양에 초승달 같은 포구

젊은 열정의 숨길이 깊었던 곳
옛 포구에서
그날들을 입질하고 있다

횡단보도

바다 길에도, 하늘 길에도,
작은 내천에는 징검다리로
서로의 약속 속에
삶속에 녹아있는

환자복을 입고 있는 환자들
수의를 입고 있는 죄수자들

학교에서는 선생님
교회의 목사님 설교
절에서는 스님의 법문
횡단보도를 지키자고 열을 올린다

약속에 약속을 지키는
횡단보도에서 파란 시간을 기다린다

고속도로

마음이 무거워서 떠나든
마음이 가벼워서 떠나든

사시사철 푸른 소나무인양
앞만 보고 달려온

세월은 고속도로처럼 흐르지만
오색의 풍선처럼 떠다니는
세상사 풍경이 구름처럼 몰려다닌

소통하는
여정이 노트에 물음표를 찍는다

비밀

말하지 않는 저 풍경들 속에서
무엇을 가져올 것인가

세상과 단절하고 싶을 때
마지막 껍질은 독이 될 수도 있는

서걱거리며 바람에 부대끼는 갈대
가을 햇살에 은빛물결로 기품을 뿜어내는
은빛물결인지 은빛울음인지

고해성사라도 하는 날
마지막 껍질만은 아끼고 싶다

쪽빛 하늘아래

바람

바람은 바람이어서
나를 휘감고 돌아서 나가는

흔적도 자국도 남기지 않는
틈새가 없는 바람은

풀벌레 서둘러 청량한 울음 쏟아내며
구월의 소슬바람 마중 나온다

꽃망울 누르고 있는 여정
노을 길 걷노라면

찌그러진 얼굴
바람이 다림질 한다

바람은 바람이어서
길을 안다

는개

구름조차 잡을 수 없는 기억
안개비 되어 유년을 적신다

몸을 비틀기 시작한다
아린 추억은 추억 속에 분수처럼 흩어지고

흘러내리는 안개비
아픈 기억들 옷깃을 적셔준다

밀물처럼 밀려온 세월
썰물되어 빠질 때
모래 잔물결처럼 주름진 세월

눈가에 맺히는 이슬
안개비 속에 유년을 띄워 보낸다

해 저무는 소리

오늘이 오늘을 밟고 가는
하루가 하루를 밟고 가는

구세군의 아름다운 종소리가
화음을 이룰 때
해 저무는 소리를 듣는다

오지 않은 새해 인사와
해가 저문다고
오늘은 오늘의 선물

해 저무는 소리를 듣는다

파도처럼

낙엽들 꽃비 되어
파도를 탄다

티비 뉴스에
세상이 흔들린다

골목길에 나 뒹구는 빈 깡통
여린 아픔을 토한다
파도처럼 파도를 탄다

가벼운 곡조는 편안하고
무거운 곡조는 불편하다

세상사 희 노 애 락
파도가 흔들린다

신호가 온다

밤새 부엉이 눈으로
지진을 감지한다

바람 부는 대로 물결치는 대로
마음의 노래를 오선지에 옮긴다

냇가의 버들강아지에
첫봄의 신호가 온다

세상사 순간순간
신호음은 일기예보이다

뇌수에 주파수를 맞춘다
신호가 온다

기다림

다섯 살 꼬맹이
양지바른 돌담벽에 기대앉아
엄마를 기다린다

해가 지면 꼬맹이 굳어버린 돌덩이
사진 한 장 가슴에 품어보지 못한 채
한 생을 기다린

엄마가 되어서도
할머니가 되어서도
다섯 살 꼬맹이, 돌담길에 앉아 기다리던

날이면 날마다 잠속에 있는 꼬맹이
긴---잠속에서 엄마를 만날까

산소 호흡기를 꽂은
할머니
다섯 살 꼬맹이다

제 3부

누가 거기에 있다

내 마음이 가는 그곳에
누가 있다

황량한 바다를 떠돌다
비수처럼 내려꽂히는 그곳에도
누가 있다

나비처럼 팔랑이다가
곱게 내려앉는 꽃에도
누가 있다

참새방앗간처럼 소란스러운 곳에도
누가 있다

잿빛 하늘 속에도 태양이 있듯이
누가 있다

사무치는 그곳이 있어야
사무치는 그곳이 있다

유년시절

추석날 입을 옷을
가지런히 개어놓고 잠자리에 든다
빨강 체크무늬 원피스와 빨강 베레모

두근거리는 마음에 잠은 설치지만
아침은 찾아온다

엄마가 입혀주는 옷을 입고
대문을 빼꼼히 열어 보던 때
다시 그립다

이웃 친구들은 어떤 옷을 입었을까
궁금해 한발 내딛어 보던 때
다시 그립다

여름 한낮에
매미울음에 튀밥처럼 솟아오르는
유년시절의 그리움
더위를 부채질 한다

옹이

어둠을 돌돌 말아
한 송이 꽃을 피운다

피우고 싶지 않은 꽃 만발하여
때리고 할퀴고 흐느낌으로

걸어온 길 거울 속에서
허덕이다가 햇귀에 깨어난다

옹이 없는 달을 품고 싶다
옹이 없는 달과 놀고 싶다

목에 걸리는 가시가
옹이가 된

따뜻한 차 한 잔
옹이가 된

아무렇지도 않다

젖은 삶은 말리지 않는다
아무렇지도 않다

어그러진 각도
아무렇지도 않다

낚시 밑밥을 물지 않아도
시간은 시간을 물고온다

오가는 말에 가슴이 찢긴다
아무렇지도 않다

말 그대로

내일에 깃발을 꽂는다
오늘이 그제를 뒤적거린다
말 그대로

바람이 구름을 몰고 간다
덩달아 세월이 떠밀린다
말 그대로

세월은
회색의 날을 세운다
말 그대로

어둠 앞에
햇귀가 기다린다

오늘은 오늘 그 자리다
말 그대로

친구 선희

파란 물감을 풀어
하얀 캠퍼스에 한 가닥 줄을 긋는다

하늘이 내려앉고
파도는 둥실둥실 하늘과 맞닿는

다대포의 낙조
홍조를 뿌리며 내려앉는

출렁이는 파도와 하늘
그곳의 이야기가 궁금하다

기다림과 외로움이
빗살처럼 꽂혀있는

한 줌 재가 된 친구 선희를
바다에 뿌렸다

못다 피운 이승의 꽃
수평선에 걸어두라고

이마에 손을 얹고 바라보는
너는 슬픈 수평선이다

겨울 이별

한 잎 낙엽되어
얼음 속에서 봄날처럼 살았다

발돋움하던 열정에
내일은 약속하지 않았다

마흔여 덟의 세월을
함박눈이 내리는 날
온기 남은 꽃가루 바다에 뿌렸다

함박눈은 계속 쏟아졌다

슬퍼하지 말라고
슬퍼하지 않겠다고

하얀 국화꽃 한 송이 띄웠다

길이 일어선다

발뒤꿈치를 들고
일어선다는 말에 일어선다

앞장을 선다
일어서는 길에
활기를 띄우는 장단 맞추는 소리
길이 트인다 눈이 트인다

꿈이 아닌
꿈같은 날의

꽃이 활짝 활짝 피어난다
꽃따라 길이 일어선다

앞머리 쓸어 올리며
악보에 옮긴다

건축

난분 꽃대는 10층탑을 쌓는다
여백을 보며 올리는 꽃대
여백을 보며 피우는 꽃

새들의 탑 동물의 탑 곤충 미물들의 탑
그들만의 탑을 건축한다

언어를 다지며 짓는
마지막 덧칠을 하여 완성되는

보이지 않는
시간의 건축이다

뿌리를 찾아

먹이를 찾아
거미줄 같은

뿌리

어울림 마당에는
뿌리를 확인하는 축제가 있다

이마를 쓸어 올리며
멀리 보고 있다

롤 페이퍼

아날로그에서 디지털로 태어난

휴지통으로 끝장나는

일회용으로 삶을 소진하는

무엇인가를 기다리는

웅크린 몸

낙엽

불꽃같이 굴러다니는

실바람에도 파르르 떨며 낙하하는
생의마감 앞에서 숭고함을 배우는

한 잎 낙엽 되어
낙하하는 생을 맞이할 수 있는

나만의 색깔을 빚어내어야 한다
숨은 열정의 꼬리를 물고
뒤돌아보는 허무함은 버리고

한 잎 낙엽 되어
흙으로 돌아가는
윤회를 본다

우물

아직도 깃발을 들고
머리에 띠를 두르고
목이 마르다고

마르지 않는 샘물로 소통하며
한없이 펄럭일 때를 기다리는

두레박 하나 갖고 싶어 하는

맑은
꿈이 될 때까지

풍경

수직으로 떨어지는 겨울비
따뜻한 세레모니

느개 몰아오듯 생기 가득한
아침 풍경이 따뜻하다

나뭇가지 물 머금은
봄맞이 소리가 새삼스럽다

아이가 커서 어른이 되고
어른이 할머니가 되어서야

느긋한 풍경이 눈에 밟힌다
봄맞이 아침이 환하다

시간이 지나간다

허공을 보고 있어도
시간은 지나간다

한잎 두잎 피는
꽃잎 위로 시간이 지나간다

꽃잠에 취해있어도
시간은 지나간다

새들의 깃털사이로
시간은 지나간다

시간은 시간을 밟고
시간은 시간을 죽이고

시간은 시간에 덧칠을 하고
나를 덧칠하고 지나간다

멀리 있는 섬

꿈은 멀리 있다
공허가 된 작은 섬

조용히 누워계시는 노모
삶의 마지막을 가르치신다
마지막까지 가르치시는
삶을 멀리 보았다

마주하는 섬과 바둑을 둔다
집을 짓다가 무너지는
작은 섬과 파도소리

멀고 가까움이 없는
나의 숨과 함께하는

멀리 있는 섬
어둠에 눈이 익는다

옹알이

첫봄 양수 터지는 소리
귀 기울이면

겨울동안 다져진
새싹들의 웅성거림
고목에서 뿌리내린
옹알이
거친 나무 끝에서도
꼬물꼬물 옹알이를 쏟아내고 있다

골목 담장아래
까만 아스팔트 옆구리에
시멘트 블록사이
햇살아래 옹기종기
그들만의 옹알이를 쏟아내고 있다

아가의 첫 눈 맞춤
옹알이로 시작한다

가슴 한 켠에 뭔가가 뭉클 솟아오른
세상사 이야기를 듣는다

만좌보

만 사람이 앉을 수 있다는
명소가 되어버린 자리

마지막 몸부림에 뛰어내린
절벽의 평원이
명소가 되어버린

관광객들은 그들을 애도하는지
에머럴드 물빛은 마음을 훔치는지
찡한 현기증이 수시로 인다

절벽아래 코끼리 코가 된 암벽
영겁의 세월 앞에
코끼리 혼자 무심하다

* 만좌보는 일본 오키나와에 있음

제 4부

그때는 그랬었다

달빛이 내려앉은 현관문
밀물에 침식당하는 바다 같다

쫓기며 꽁꽁 숨기에 급급하는
나를 사랑하는 방법을 모르는

눈처럼 쌓여 눈사람이 되어도
흐르는 물속에 얼음장이 되어도

폐지 수집소가 되어버린
산더미 같은 폐지 속에서

나를 끌어내는 분리수거에
옹이는 하나씩 하나씩 빠져나간다

날 세운 칼바람 속에서도
잠은 그렇게 오고 있다

그림자

한 치의 거짓도 없는
한 치의 보탬도 없는

삶이 그대로 묻어나는
지워도 지워지지 않는

꼬리표처럼 따라다니는
그림자 하나

이쪽에서 저쪽으로
저편에서 이편으로

산을 넘고 물을 건너는
고운 그림자 이름 하나

활주로

더 넓은 세상을 찾아
비상하는 디딤돌

누구든 활주로가 되어야 한다

무엇을 딛고 어디를 향하는가에
꿈의 각도가 꼭지점에 이를 수 있다

지고지순한 디딤돌의 파장에
많은 독수리들이 날아오를 수 있다

비행을 위하여
디딤돌이 되기 위하여
깊이 생각하는 것이어야 한다

불면의 밤

어둠은
길을 잃는다
시간여행을 한다

참 많이도 아팠던
참 많이도 길었던
기억회로를 다리 놓는다

한 점 점을 찍어 본다
뼈마디 소리가 예사롭지 않다

어디서부터 어디를 돌아가야 하는지
어둠을 돌돌 말아
한입 베어 물고 목을 축인다

언어가 튀밥처럼 튀어 오른다
신들린 언어를 주워 담는다

어둠은 또,
여명을 데리고 온다

고사리를 찾아

솔 갈비를 뚫고 고개 내미는
겸손하듯 고개 숙이는

너를 찾아 나서면 보이지 않고
하나 둘 보이는

저녁노을 잔잔히 퍼져나가듯
군락지를 이루는
그렇게 키를 세운 너

아가 손을 닮았다고
동심으로 노래하는

겨울을 이겨낸 첫봄이면
너를 찾아 언덕에 선다

깡통시장

깡통이 뒹굴어
깡통시장이 아니다

피난시절
이름표를 달게 된

눈을 깡통처럼 굴려야
눈높이를 맞출 수 있는

깡통처럼 굴러다니며
낡은 지갑을 연다

한겨울의 단팥죽 맛은
깡통시장에서만 허락한다

깡통을 꽃피우느라
장바닥이 시끌벅적하다

꿈

옹이가 된 어두운 그림자는
옹이를 토하느라 호흡이 거칠다

어제는 어제 아닌
단막극으로 끝이 나지만

깊게 패인 그림자는
어디에서나 허구로 등장한다

창가에 떨어지는 까치울음은
또, 오늘이다

깃발

심쿵심쿵 굴리던 수레바퀴가
조용한 시냇물 흐름이 된

탁한 마음에 문을 두드렸을 뿐인데
예쁘다
착해서 안아 주고 싶다

마음껏 펄럭이고 싶다
완전한 자유를 찾아

깊은 잠을 깨우고 싶다
축배의 잔을 들고 싶다

동굴

암흑과 정적으로
억겁의 세월을 숨 쉬는

천혜의 궁전
경이로운 세계와 접목하는

소리 없는 정적의 조화
소리 없는 것에서 소리 있는 것을 들으며
변화로 퇴적으로 이루어지는
생명체에서
탄성만이 있을 뿐, 숙연해지는

동굴을 생각하는
내 몸속에 동굴 하나 있다

선풍기

세 개의 날개가 부지런히 돌아야
시원한 세상이 된다

돌고 돌고 돌아가는

돌아가는 소용돌이 속에서
세상사 돌지 않는 게 없다

쳇바퀴 속에서
꿈을 꾸며 꽃을 피우는

탑돌이 하는
자신을 돌아보는

생각도 굴리고 굴려야
녹 쓸지 않는 날을 세운다

돌지않는 곳에서
돌아가는 숨을 쉰다

카톡

소리 없는 소리

정월대보름의 달을 먹는다

시간여행의 해설사 같은

마음을 스캔하는

소통하는 유일한 연결고리

까막까치가 울어댄다

중독된 음료를 마신다

지구촌 곳곳이 이웃이 되는

하나의 문으로 공유하는

* 90

자갈치에서

비린내와 갯내음이 뒤섞이며 굴러다니는
멈칫 멈칫 발길 붙드는

꽁지를 퍼득이는 활어들
옹이 박힌 두꺼비 손의 칼놀림

손길을 기다리는

손때묻은 장바닥
찌든 마음을 풀어주고
삶이 손에 잡힌다

커피 한 잔이 달달한 종이컵
뭉친 어깨를 풀어준다

소주 한 잔에
바다가 펄펄 살아난다

다대포 풍경

모래 벌은 썰물이다
조막손으로 맛조개를 캐는
아이들의 손놀림이 귀엽다

거친 파도를 타는 레포츠인들
물 만난 고래 같은
세상의 찌든 때를 거두어간다

몰운대 둘레길
살아있음을 껴안은 젊음
익어가는 봄을 활짝 활짝 꽃 피운다

도심의 핏줄은 삶의 활력이 되어
시민들의 쉴 틈을 열었다

낙조 분수는 축제인양
물줄기를 쏘아 올린다
함성도 함께 타오른다

차 한 잔의 여유

가을 햇살 아래
국화차 한 잔의 여유를 불러 온다

찻물 속 국화꽃은 활짝 피어나
나를 꽃 피운다

억새와 단풍 국화 향은
가을의 주빈, 나의 애창곡이기도 하다

싱그럽고 고고한 깊은 향에
마음을 적시면 산사의 풍경소리 맑다

혀끝에서 감도는 깊은 향
가을을 접수한다

의자

어디서든 누군가를 기다리는
말없는

세월의 어깨가 무거워지면
어디서든 두리번거리는

노점상 옆에 버려진 의자
삐걱거리며 몸을 쉬어가는

나뭇가지에 앉은
평화를 본다

골목길에 버려진
지친 이에게는 평화로운

디지털 시대에
턱없이 부족한

꽃도 의자에 앉아 핀다
어머니도 나에게는 의자였다

* 94

등대

디지털시대에
향수를 일으키며 연인이 되는
한껏 멋을 부리고 있는

둘레길이 되어
사람들의 발길을 이끄는

어둠이 깊으면 깊을수록
더욱 불 밝히는 눈
나의 길은 너의 눈빛을 품는다

파도를 안고 있는 너에게서
나의 좌표를 짚어본다

변화를 꿈꾼다

종이

가만히 문을 밀었다
지난 여정을 디딤돌로

고백을 들어주는
허기진 배를 채우는

막다른 골목길에서
방향을 틀어주는

눈물 가득한
삼모작의 여정을 거두게 하는

고해성사의 다락방